Numéro de Copyright

00071893-1

Ce Récit est une fiction.
Toute ressemblance avec des faits réels, existants ou ayant existé, ne serait que fortuite et pure coïncidence.
Le Code de la propriété intellectuelle interdit les copies ou reproductions destinées à une utilisation collective.
Toute représentation ou reproduction intégrale ou partielle faite par quelque procédé que ce soit, sans le consentement de l'auteur ou de ses ayants droit ou ayant cause, est illicite et constitue une contrefaçon, aux termes des articles L.335-2 et suivants du Code de la propriété intellectuelle.

Prisonnier de mon livre

Juillet 2021

Récit

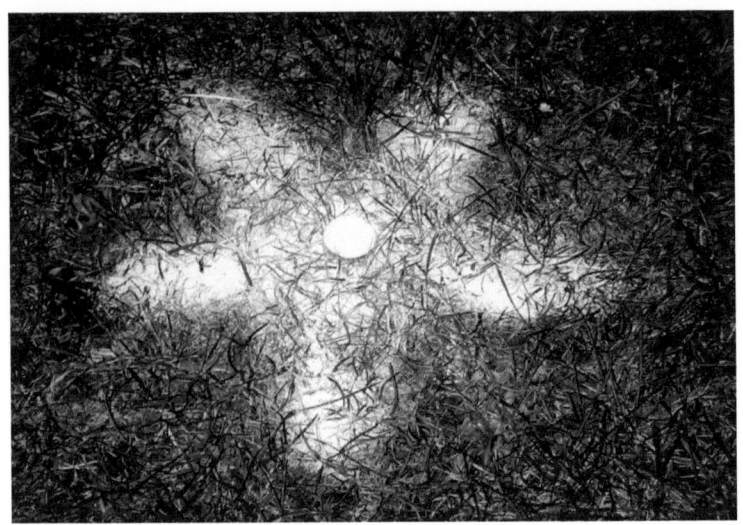

« À nos petits Anges »

© 2021 Jose Miguel Rodriguez Calvo
Édition : BoD – Books on Demand,
12/14 rond-point des Champs-Élysées, 75008 Paris
Impression : BoD - Books on Demand,
Norderstedt, Allemagne

ISBN : 9782322379583
Dépôt légal : Août 2021

Prisonnier de mon livre

Récit

Auteur
Jose Miguel Rodriguez Calvo

Résumé

Singulière histoire de la tumultueuse et dramatique vie d'un homme, oubliée entre les pages d'un livre. Il reprend vie lorsque quelqu'un le découvre, abandonné au fin fond d'un rayon de bibliothèque, et l'ouvre enfin, pour découvrir son destin, et les péripéties de sa trépidante et particulière existence.

1

Ah ! Enfin ! Je commençais à désespérer, je pensais que tout le monde m'avait oublié, coincé là, entre les pages de ce bouquin, abandonné au fin fond d'un rayon délaissé et poussiéreux de cette vieille bibliothèque.
Merci ! Oui, mille fois merci beaucoup, car j'avais tant de choses à dire, j'avais tant besoin de m'exprimer.
Je me présente ! Je m'appelle Lucien, je suis né le premier avril 1935 dans un village corrézien de cette vieille France.

Aujourd'hui, je ne suis plus parmi vous, mais ce n'est pas important, mon histoire est là, coincée entre ces lignes, et si vous avez la curiosité et le temps, de les lire, vous me ramènerez pour un bref laps de temps à la vie.

Je ne suis en aucun cas aigri ou rancunier, je crois que depuis que j'ai eu l'âge de raison, et même avant, petit enfant, je n'ai jamais ressenti ces faibles penchants et travers de la conscience humaine.

Ce n'est pas que je me trouve parfait, ni même supérieur à quiconque de mes concitoyens, ce serait d'une détestable et odieuse pauvreté d'esprit, indigne de la signifier ou l'objectiver ostentatoirement, sans paraitre immédiatement, arrogant et prétentieux.

Non, je pense que je suis comme tout un chacun, ni bon ni mauvais, même s'il me semble un tant soit peu hautain et vaniteux de l'affirmer.

Ma vie, comme celle de tant d'autres hélas, n'a pas été un long fleuve tranquille, loin de là, mais je suis certain que je ne vous apprends rien, peu de gens dans ce monde, peuvent se flatter de ce privilège, même les plus chanceux ou fortunés doivent payer un jour ou l'autre leur part de « dîme » à la vie. Bien entendu, nous ne sommes hélas, pas tous égaux devant cette contribution. Cependant, croyez-moi, je peux vous l'affirmer, étant passé de l'autre côté depuis des lustres, toutes ces erreurs et non-sens accomplies par la prétendue cécité de la justice dans ce bas monde, seront rétablies avec justesse, dans l'au-delà.

En évoquant l'équité et le manque d'impartialité de la vie ici-bas, je dois obligatoirement aborder mon cas personnel, et avant celui-ci, celui de ma famille.

2

Mes parents vivaient, ou plutôt vivotaient, tant bien que mal dans une petite ferme du fin fond de la Corrèze, non en tant que propriétaires, mais comme simples employés.

Ma mère, Denise, s'essoufflait au travail. Non seulement elle devait s'acquitter des travaux domestiques et des repas des « Baloran, Alphonse et Gisèle », patrons des lieux, mais une fois ceux-ci finis, elle devait aider mon père pour la traite quotidienne de la vingtaine de vaches laitières.

Quant à mon père, employé en qualité de « commis de ferme », il devait assurer tout le lourd travail de l'exploitation, avec l'aide d'un jeune orphelin, Gustave, qu'ils avaient recueilli à ses douze ans, non par charité chrétienne, mais pour le mètre « au cul des vaches », comme on disait en ce temps-là.

J'avais aussi une grande sœur, que je connus peu de temps, car elle décéda à douze ans de la typhoïde, alors que j'allais à peine sur mes cinq ans.

La vie de mes parents n'a pas été simple, ils ont toujours vécu et évolué dans un milieu proche de la pauvreté. Cependant, ils ont toujours réussi à garder leur dignité malgré le manque de chance et de réussite.

Par leurs infatigables efforts, ils ont pu surmonter les épreuves et l'adversité pour ne pas sombrer, et même si par la suite nos vies se sont éloignées, j'ai toujours gardé une place privilégiée pour eux, dans mon cœur.

Mais bien avant cela, juste après leur mariage qui avait eu lieu dans la jolie petite chapelle de leur village, et le singulier banquet champêtre organisé dans la grange d'un de leurs voisins, ils avaient pourtant réussi à économiser une coquette somme, sou après sou.

Cela leur avait permis d'acheter une modeste parcelle de terre, sur laquelle ils avaient pu, par je ne sais quel miracle, construire une jolie maisonnette et une cabane dans laquelle ils élevaient une douzaine de poules pondeuses et quelques lapins.

Et avec les modestes revenus de la vente des œufs, des léporidés, et de quelques légumes qu'ils faisaient pousser dans leur potager, que ma mère vendait fièrement sur le marché, les samedis, ils avaient réussi à se hisser hors de cette pauvreté qu'ils fuyaient comme la peste.

Je dois avouer que ce furent pour moi les meilleures années de ma vie.

Avec ma grande sœur Solange, nous faisions les quatre cents coups et lorsque nous partions ensemble, chaque matin à l'école du village, main dans la main, j'étais fier et orgueilleux devant mes petits copains.

Dans notre école, nous étions tous ensemble et c'était l'instituteur « Monsieur Brujet », qui faisait la classe à tout le monde.

J'ai toujours gardé une certaine nostalgie de cette époque, qui, malgré les nombreux aléas et difficultés de la vie, ne m'a jamais quitté.

Et puis, je n'ai jamais su pourquoi, tout s'est écroulé. Mes parents ont dû vendre tout ce qu'ils possédaient, y compris la jolie maisonnette que j'aimais tant.

À partir de là, ils ont dû chercher du travail pour nous nourrir et un toit pour nous abriter.

Ce fut à ce moment-là, que l'on allait se retrouver chez les « Baloran ».

Pour nos parents, ce fut la descente aux enfers et pour ma sœur et moi, la fin de nos belles années.

Les Patrons, avaient consenti à nous héberger dans une unique pièce, qui servait jusqu'alors d'entrepôt de céréales et pour laquelle ils devaient payer un loyer qui leur était retenu de leur déjà modeste salaire.

Pour eux, ce fut un terrible coup au moral. Après avoir réussi à fonder une famille et surtout à la faire vivre dignement, ils se retrouvaient soudain tout en bas de l'échelle, rattrapés par cette maudite misère, qu'ils avaient tant fui, et qui venait maintenant, telle une sournoise ombre malfaisante, s'accrocher avec délectation à leurs pas, pour ne plus jamais les quitter. Car hélas, il en fut ainsi, quelques mois plus tard, je m'en souviens parfaitement, ma sœur tomba malade, et malgré les bons soins du docteur Delbant, que les patrons avaient enfin consenti à faire venir à contre-coeur, alléguant, une simple grippe, malheureusement nous quitta.

Je devais alors me rendre seul à l'école, et bien entendu, plus jamais avec cette joie et fierté d'avant, surtout que de plus, j'eus à faire face à des incessantes remarques, désobligeantes et cruelles moqueries de mes camarades, non par méchanceté, j'en suis certain, mais plutôt par bêtise, cette bêtise qui caractérise bien les enfants de cet âge.

Pour mes parents, ce fut le coup de grâce, surtout pour mon père, qui n'allait plus jamais s'en remettre.

Il allait décéder à peine un an plus tard, mort de fatigue et d'une cirrhose du foie, s'étant donné à la boisson, pour oublier le terrible sort qui s'abattait tel un ouragan sans fin sur sa vie et sa famille.

C'est alors que ma mère fut congédiée du jour au lendemain par les « Baloran ».

— Il nous faut un couple jeune et en bonne santé, pour notre exploitation !

Et je nous revois, ma mère et moi, partir avec un simple baluchon sous le bras, où tenaient tous nos maigres avoirs, quitter la ferme, sur le seul chemin caillouteux qui y menait, sans but ni argent, le patron ayant refusé de verser à ma mère le dernier mois de salaire, sous prétexte que mon père ne l'avait pas complété.

— Comme elle est bien moche et injuste parfois, cette âme humaine !

3

« Brive-la-Gaillarde »

Notre déambulation nous conduisit jusqu'à la ville, où ma mère pensait pouvoir trouver un emploi, quel qu'il soit. Alors, nous sommes arrivés à « Brive-la-Gaillarde ».

C'était une ville d'environ trente mille habitants en ce temps-là. Pour nous, une énorme métropole.

Grâce à sa légendaire débrouillardise, et son inégalable sens du contact humain, elle ne tarda pas à trouver un emploi de concierge, dans un immeuble chic des beaux quartiers.

Nous avions à notre disposition une petite loge de vingt mètres carrés tout au plus, ce qui nous suffisait amplement pour nos deux frêles personnes, et avec le maigre salaire qu'elle percevait, et tous les « à cotés » qu'elle effectuait, comme ménage, lessive et repassage, chez les propriétaires des appartements, elle réussissait à nous faire vivre modestement, sans avoir à mendier ni quémander, notre pain quotidien à quiconque. Naturellement, ma mère s'empressa de m'inscrire à l'école du quartier.
Là, je dus me familiariser avec à peu près tout.
Non seulement avec d'autres modes et coutumes complètement étrangères pour moi, qui arrivait de la plus profonde des campagnes, mais aussi avec les habitudes et les manières des fils à papa, que je trouvais un tant pécuniaires et presque drôles parfois. N'oublions pas que nous étions dans le quartier dit « chic » de la ville, et que les gens de « la haute » prenaient un certain malin plaisir à se démarquer de « la morne », comme ils disaient avec un air hautain et suffisant. Mais malgré tout, je n'eus pas à en souffrir exagérément, car ma mère se débrouillait pour me tenir toujours « tiré à quatre épingles », et ce n'était que lorsque je devais m'exprimer, que certaines de mes expressions de la campagne me trahissaient.
Cependant, ces moqueries prenaient vite fin, lorsque je devais aller au tableau résoudre un quelconque problème. Là, j'étais à mon aise et je faisais vite cesser les inévitables sarcasmes et moqueries de mes

camarades, qui devaient vite se rendre à l'évidence, puisque j'avais toujours été très studieux. Comme disait jadis mon père, avant de sombrer dans l'alcool et la maladie : « Ce n'est pas par la force brute que tu vaincras, mais par celle de l'esprit et de l'intelligence ».

Ces sages paroles, et beaucoup d'autres, étaient restées gravées à jamais dans mon esprit, même si par la suite, hélas, je n'ai pas toujours suivi ses bons conseils, car même s'il avait à peine fréquenté l'école, non pas par paresse ou par apathie, mais par indispensable nécessité, il était quelqu'un d'ingénieux et pertinent.

À son époque, les temps étaient durs et on devait apporter son aide, aussi mince soit-elle, pour tout simplement pouvoir se nourrir.

Mais il avait, lorsque j'y repense aujourd'hui, une intelligence hors du commun, que beaucoup de ces arrogants « précieux », lui auraient envié.

Pourtant il n'en faisait jamais état, même lorsqu'il en avait eu l'occasion, et à ce sujet, un souvenir me vient à la mémoire.

Un jour que le patron de la ferme, monsieur Baloran avait fait venir le vétérinaire pour soigner une de ses vaches, celui-ci voulut régler les arriérés impayés pour toutes les interventions de l'année.

Le zootechnicien fit rapidement le compte : douze déplacements à quarante francs, cela fait cinq cent quatre-vingts francs.

Monsieur Baloran, confiant s'apprêtait à payer la somme demandée, lorsque mon père présent, ne put se retenir d'interpeler le médecin.

— Monsieur, excusez-moi ! Cela n'est pas exact, vous faites erreur, ça fait quatre cent quatre-vingts francs seulement.

Aussitôt, le patron, furieux, l'interpela :

— De quoi je me mêle ? Tu vas quand même pas nous apprendre à compter, pauvre bouseux ! Retourne au travail !

Et voilà comme le patron de la ferme se fit escroquer de cent francs, avec son propre accord.

4

Ce changement radical de mode de vie, n'allait pas m'apporter que des bonnes choses. Les tentations étaient beaucoup trop grandes, surtout pour moi qui avais depuis toujours vécu à la campagne, et bien entendu, ne connaissais pas les règles de la vie à la ville, avec toutes les innombrables tentations et incessants appels au chapardage et roublardise des opulents étalages et des vitrines.
Il ne se passa pas plus de quinze jours, avant que je me fasse attraper sur le fait, soustrayant une jolie boîte de crayons de couleur sur un étalage du marché central hebdomadaire.
Erreur de débutant. Pourtant, j'étais certain que le vendeur n'avait pas pu me voir, mais ces personnes rompues à ce genre de rapinerie, avaient des yeux partout, et ce fut pour moi mon premier larcin, car je finis au poste, où ma mère affolée du venir me

chercher. Là, je vais volontairement omettre de vous raconter le mauvais quart d'heure d'humiliation que j'allais passer, par honte et pudeur.

Mais je suis certain que ma honte, n'était rien à côté de celle que ma pauvre mère avait dû subir par ma faute.

Pourtant, je ne comprenais pas. Tous mes camarades d'école se vantaient de pouvoir s'approprier n'importe quel objet ou article de leur choix, sans se faire prendre. C'est à ce moment que je compris, qu'il existait d'autres règles et valeurs, bien différentes de celles que l'on m'avait inculqué depuis toujours.

Ce que je ne savais pas, c'est qu'elles étaient absolument à dédaigner et à fuir, si je voulais suivre le bon chemin. La punition que j'allais subir, était à la hauteur de l'avilissement que ma mère avait dû éprouver. Ce mois-là, je fus privé d'à peu près tout : argent de poche, sorties au parc, et j'en passe, mais ce qui me provoqua le plus d'affliction, c'était la privation de mon attendu numéro hebdomadaire de ma revue « Michel Vaillant », dont je guettais impatiemment l'affichage, au kiosque du coin.

La vie commençait à me faire comprendre que tout n'est pas permis, loin de là. À ce moment, je pensais à mon père et ses sages conseils qu'il s'était ingénié mille fois à me transmettre.

Le mois allait passer et à la maison, les choses s'étaient apaisées. Cependant, j'observais avec appréhension le regard de ma mère, j'avais depuis longtemps appris à lire dans ses yeux, et je savais quoi faire à l'instant, sans qu'elle n'ait à prononcer le moindre mot.

Je pouvais de nouveau sortir au parc m'amuser avec mes camarades, après m'être acquitté de la corvée des nombreux devoirs, bien entendu.

Si ma mère pouvait être sévère et intraitable sur mon éducation et mes fréquentations, elle avait aussi ses moments de pure dilection et tendresse, après tout, par l'atroce vouloir du destin, nous étions restés seuls, alors nous savions parfaitement, sans avoir à se le dire, que nous pouvions toujours compter l'un sur l'autre.

Et il nous arrivait bien souvent de rester assis côte à côte pendant de longs et privilégiés moments sans rien se dire, juste serrés l'un contre l'autre.

Peu à peu, je commençais à m'intégrer dans le groupe d'amis du quartier, ainsi qu'à dompter cette sorte de bête féroce et impitoyable qu'était pour moi la ville, et l'intégralité de ses pièges et embuches.

Je sais maintenant que je n'allais pas réussir cette prouesse, loin de là, mais n'anticipons pas !

5

Pour mes dix ans, j'avais été gâté : ma mère m'avait offert une bicyclette, un joli cadeau en ces temps-là, où seuls les enfants de riches pouvaient en exhiber et se faire valoir.
Pour un simple fils de concierge, prétendre rivaliser avec les fils à papa du quartier, était tout simplement insupportable, presque une offense ou un défi.
Et je n'allais pas tarder à faire les frais de ce supposé indécent mépris de classe.

Un matin, j'allais la retrouver complètement vandalisée, au point de devoir la mettre chez le ferrailleur. Bien évidemment, on ne trouva pas le, ou les coupables, de cet acte gratuit et odieux.

Ce méprisable événement créa en moi une sorte de rancune tenace, envers ces gens orgueilleux et prétentieux, qui n'allait plus me quitter durant le reste de ma vie.

J'allais aussitôt mener discrètement ma petite enquête, je n'étais pas disposé à laisser passer cette injustice, car malgré ma modeste condition, il était hors de question de me laisser faire par des garnements soi-disant nantis, se croyant tout permis, sans le moindre interdit.

Pour moi, ils étaient des délinquants, et ils devaient comme tout un chacun, en rendre compte.

Et pour cela, je ferais ce qu'il faudrait, pour que justice me soit rendue, quitte à intervenir directement et activement, pour arriver à mes fins. Et je n'allais pas tarder à mettre mes intentions à exécution, puisque bien entendu, dès le lendemain, j'allais connaître le coupable dans la cour de mon école. Effectivement, celui-ci n'avait pas tardé à s'en vanter ouvertement.

Alors j'allais mettre en oeuvre ma vengeance, qui malgré le fait qu'elle ne soit pas dans mes habitudes, et sachant que mon père n'aurait jamais approuvé.

Mais, j'étais loin d'avoir sa noblesse d'esprit.

Je n'avais pas eu à chercher bien loin pour trouver le coupable, celui-ci vivait même dans notre immeuble,

« Jean-Charles », fils d'un brillant avocat qui occupait un magnifique appartement au troisième C.

Jean-Charles n'était pas vraiment un copain et encore moins un ami, tout juste une connaissance. Du fait même de sa présence dans le même lieu, je le voyais tous les jours passer devant notre loge, arborant un sourire moqueur et méprisant.

De plus, ma mère était presque devenue la servante attitrée de son père, un brillant avocat, la cinquantaine, divorcé et exigeant.

Elle lui lavait et repassait son linge, faisait tout son ménage, elle était devenue la bonne de la maison, en plus d'accomplir tous les exigeants labeurs de son travail de concierge. Je me souviens qu'il débarquait à n'importe quelle heure avec ses affaires à préparer pour le lendemain sans faute.

— Denise, faites le nécessaire, j'ai une plaidoirie très importante au tribunal, demain matin !

Et à ma mère de s'exécuter dans la seconde, étant donné qu'il n'était pas envisageable de refuser le moindre travail, qui nous permettait de vivre décemment.

Alors j'allais assouvir ma vengeance, de façon à ne pas attirer l'attention sur nous, et compromettre le bon renom de ma mère.

J.C. avait l'habitude de ranger sa bicyclette dans un local en sous-sol, avec tous ses brillants cadeaux plus onéreux les uns que les autres.

C'était une vraie caverne d'Alibaba, et ma vengeance était toute trouvée.

J'allais y mettre le feu, oui, vous m'avez bien compris, j'allais tout brûler.

Même si cette action était totalement inconsciente, vu que le feu pouvait se propager à tout l'édifice, mais, je vous avoue que cette éventualité ne m'était même pas passée par l'esprit.

Quelques jours plus tard, j'empruntais le passe que ma mère gardait dans sa loge, en cas de besoin, et un soir où elle était occupée à faire les ménages de plusieurs des riches occupants, je me rendis discrètement jusqu'au local de J.C. où je n'eus pas la moindre difficulté pour y pénétrer.

Je savais parfaitement que je ne devais pas laisser d'indice me compromettant, alors je fis brûler une prise de courant avec un briquet emprunté dans la loge et tout de suite, un court-circuit se produisit, enflammant non seulement la prise, mais tout le câblage qui courrait à travers la pièce.

Des flammes commençaient à jaillir des câbles, et ne tardèrent pas à se propager aux nombreux avoirs rangés sur les étagères.

Bien entendu, les plombs avaient sauté, et je me trouvais soudainement dans le noir le plus complet, mais connaissant parfaitement les lieux, je refermais le local avec le passe et je regagnais la loge, puis après avoir tout remis en place, je m'assis sur le minuscule canapé deux places, que ma mère avait récupéré chez une voisine, et j'attendis son arrivée et celle des autres occupants qui s'étaient précipités dans les escaliers, alors qu'une forte odeur de fumée commençait déjà à gagner les étages.

Tous les occupants se retrouvèrent à l'extérieur de l'édifice et les pompiers, ne tardèrent pas à arriver et circonscrire rapidement le feu, qui n'avait pas eu le temps de se propager.

Les pompiers attribuèrent rapidement l'incendie à un malheureux et inopportun cout circuit, et je ne fus pas le moins du monde soupçonné.

Dans le local de J.C., tout avait brulé, je tenais là ma vengeance, et je n'étais pas peu fier.

J'ai rarement été aussi content de moi : non seulement je m'étais vengé de la destruction de ma bicyclette, mais j'avais anéanti ce prétentieux fils à papa. Il fallait le voir pleurer comme une madeleine, il m'arrivait même par moments de m'en vouloir, mais ma joie était trop grande, et reprenait aussitôt le dessus. Il l'avait bien mérité.

Mon père n'aurait pas cautionné mon comportement, c'était certain. Il est vrai que j'avais fait fort, et surtout j'avais eu beaucoup de chance, j'aurais pu provoquer un drame si le feu s'était propagé.

Mais non, pas du tout, j'avais assouvi ma vengeance et surmonté ma peur, et j'avais remarqué que cela m'avait rendu heureux et sûr de moi.

Ce jour-là, j'allais décider que ma vie allait drastiquement changer.

Fini le petit pleurnichard, le moins que rien, le souffre-douleur. Un nouveau Lucien venait de naître, qui allait désormais s'imposer et se faire respecter.

— Je suis désolé papa, mais les temps ont changé, désormais, on doit se défendre, et ne plus accepter les humiliations des autres sans brancher.

Je suis certain que si tu étais encore là, tu approuverais ma conduite.

Et à l'école, je mis immédiatement en œuvre ma nouvelle résolution, et certains allaient en prendre pour leur grade. À la moindre réflexion ou incartade, la réponse était toute prête, et pour la plus minime bousculade, les coups partaient à la grande surprise des petits frimeurs de la "haute".

Désormais, dans la cour d'école comme dans la rue, tous ces petits morveux, me respectaient, et même, certains d'entre eux me prêtaient allégeance.

À mes seize ans à peine, j'étais devenu le petit caïd du quartier, celui que personne n'ose contredire et encore moins critiquer.

Bien entendu, pour ma mère, j'étais toujours son petit protégé et j'avais son soutien. Il faut dire qu'elle commençait à prendre de l'âge, et qu'elle ne pouvait plus assurer les innombrables tâches comme avant. De ce fait, les rentrées d'argent devenaient chaque fois moindres, et les besoins, surtout pour moi, de plus en plus importants.

Je voulais absolument continuer mes études, et fausse modestie mise à part, je devais dire que j'étais plutôt doué.

Cependant, il ne suffisait pas d'être bon élève, il fallait payer, pour pouvoir intégrer les écoles de prestige.

Alors, bien sûr, une seule solution : je devais apporter ma contribution.

Seulement, quoi faire ? Pour cela, je devais assister plus que jamais à mes cours, ce qui me prenait la journée entière, alors impossible d'exercer un travail à temps complet qui aurait pu me permettre de payer sans soucis.

Je n'avais que quelques heures libres dans la journée, et encore, je devais pour grande partie, les occuper à réviser.

Il me fallait absolument trouver autre chose, oui, un moyen de trouver de l'argent en seulement quelques heures par jour.

6

C'est pour cette raison bien particulière, que ma vie sage et bien rangée allait prendre les chemins de traverse pour finalement se retrouver sur la mauvaise pente. J'avais appris à détourner la vigilance pourtant bien aiguisée des marchands et de leurs surveillants.
À présent, acquérir n'importe quelle chose ou objet était devenue pour moi un jeu d'enfant.
J'avais appris les règles de la roublardise et de la dissimulation, en même temps que je perdais celles du respect du bien d'autrui, mais je dédouanais ma conscience, en me disant hypocritement que c'était pour la bonne cause.
Bien sûr, au début, ma mère ne se rendit compte de rien, occupée qu'elle était à se tuer au travail pour subvenir à nos besoins, surtout aux miens.
Mais malgré les tonnes de prétextes que je m'ingéniais à trouver pour justifier les nombreuses acquisitions de

biens de toute sorte, vêtements et objets des plus divers, dont je dissimulais la plus grande partie tant bien que mal, dans notre petit logement, pour les revendre et me constituer un joli pactole. Ma mère, plus futée que les meilleurs des fins limiers de la Police, réussissait toujours à tomber dessus et j'avais depuis longtemps épuisé les mensonges et échappatoires que j'inventais pour justifier leur présence.
Et puis elle n'était pas dupe, loin de là.
Alors, finalement, j'ai dû tout lui dire et avouer.
Et curieusement, je fus surpris par sa réaction, je m'attendais à une sévère remontrance, mais il n'en fut rien, bien au contraire.
Elle aussi avait dû développer ce genre de pratique, étant donné qu'elle ne pouvait plus assumer comme avant, la multitude de tâches qui nous auraient permis de garder notre modeste train de vie.
Elle aussi avait dû plus d'une fois jouer des coudes pour se faire sa place au soleil.
Et lorsque nous nous retrouvions tous deux assis côte à côte sur notre canapé, pour nous raconter nos exploits, j'étais fier d'elle, de cette femme battante et jolie, malgré les années, car oui, elle était restée belle et souriante, en dépis des adversités.
Mais j'allais la perdre aussi, comme ma sœur et mon père.
À mes dix-huit ans, je me retrouvais seul et je devais libérer la loge, pour un autre couple.

Je vendis les quelques meubles que ma mère avait récupéré à droite et à gauche et avec mes petites économies, je réussis à me trouver un petit coin où loger. Ce fut non loin de là, dans une minuscule chambre de bonne au cinquième étage sans ascenseur, mais au moins, j'étais à l'abri.

Désormais seul au monde, je devais prendre en main ma vie. Ce ne fut pas facile pour moi, habitué à rentrer à la maison et à trouver mon repas et mes affaires prêts. Maintenant, ma mère et ma famille me manquaient, alors que j'avais tant de fois rêvé de me retrouver seul, pour ne pas avoir à rendre de comptes à personne. Tout à coup, je compris l'énorme place qu'ils prenaient dans ma vie et dans mon cœur.

J'admis alors que je m'étais mal conduit avec eux, que j'aurais dû leur dire plus souvent que je les aimais, et tant d'autres choses que maintenant, je regrettais, mais hélas, il était trop tard.

Heureusement, désormais je suis avec eux, et c'est enfin le vrai bonheur, mais comme j'aime à dire, « n'anticipons pas ».

7

C'est à ce moment-là que j'allais abandonner mes études, j'allais bien le regretter plus tard, mais ce fut ainsi. Je m'essayais à plusieurs petits boulots, sans succès. Je n'arrivais même pas à me nourrir correctement, et puis aucun ne me plaisait. Pourtant, je ne comptais pas mes heures, pour un salaire de misère. Combien de fois ai-je regretté l'absence de ma mère lorsque je rentrais fourbu dans mon « *petit nid d'aigle* », comme je l'appelais ?

La bonne odeur de cuisine qui me chatouillait les narines, bien avant que je ne passe la porte de la loge, et ses succulentes recettes qu'elle tenait de sa mère, me manquaient. Celles de ma grand-mère, « Raimonde », qui fut la seule que j'eus la chance de connaître, bien que trop peu de temps hélas.

Oui, je dois avouer que j'ai mille fois pleuré, mille fois crié son nom, mille fois prié le bon dieu, pour qu'il me la rende, mais mes prières n'ont pas trouvé d'écoute et encore moins de réponse, mais je comprends mieux, aujourd'hui que je suis à leurs côtés.

Ça ne marche pas comme cela, non ! De ce côté, c'est différent, impossible à expliquer avec nos mots ou nos références.

Je peux juste vous dire que l'on évolue dans une éternelle sérénité et bien-être.

Un lieu que l'on ne peut pas décrire avec nos paroles du monde terrien. Les lois de la nature sont différentes, le temps et les distances n'existent pas, la seule loi qui règne, c'est l'éternité.

Mais revenons à cette bonne vieille vie terrienne, comme je l'avais craint, j'allais très vite regretter l'abandon de mes études.

Quelle erreur ! Quelle absurde aberration ! Quel gâchis !

Oui, maintenant je me rendais compte de ce que j'avais fait, moi qui aurais pu facilement prétendre à une vie meilleure, d'autant que j'avais les possibilités et surtout les facultés pour y arriver.

Il aurait pourtant suffi que je prenne la bonne décision au moment opportun, et mon existence aurait suivi un tout autre chemin.
Seulement, j'avais privilégié la vie facile, sans penser au lendemain, je voulais tout, et tout de suite.
Et pour cela, j'allais changer drastiquement toutes mes fréquentations et mes habitudes.
Bien évidemment, je ne pouvais plus habiter cette chambre des beaux quartiers, l'endroit n'était pas pratique, j'étais trop surveillé.
Alors je déménageais dans une vieille maison isolée, un peu à l'écart de la ville.
J'allais la partager avec deux autres copains, qui m'aidaient à payer le loyer.
Là, presque seuls, sans voisins pour nous surveiller, nous allions pouvoir transformer le lieu en véritable endroit de beuveries et de débauches de toutes sortes. Même si personne n'avait d'emploi, nous ne manquions de rien : boissons et nourriture à profusion, que chacun grappillait à droite et à gauche et mieux encore, nous avions pu meubler et acquérir télé, frigidaire et tout le confort par notre simple débrouillardise.
Les fêtes étaient presque quotidiennes, avec des amis plus ou moins recommandables, et des filles, des tas de filles.
Mais, très vite nous allions nous organiser pour passer à la vitesse supérieure.

Et là, je dois dire que nous n'étions pas à court d'idées, je dirais même qu'elles fusaient.

Avec mes deux acolytes, Bernard et Roger, deux anciens de la DDASS, à peine âgés de vingt ans comme moi, nous allions former un petit gang, qui allait très vite écumer le département.

8

Notre premier méfait, je m'en souviens très bien, fut le cambriolage de la somptueuse demeure d'un riche vendeur propriétaire de plusieurs magasins d'électroménager à Brive. Je le connaissais très bien, j'avais quelquefois accompagné ma mère jadis, lorsqu'elle faisait le ménage et le repassage chez eux et que je l'aidais à porter les affaires.
C'était un magnifique petit manoir en pierres de taille, entouré d'un immense terrain boisé, qui le dissimulait presque entièrement depuis la route.

La propriété était entourée d'un haut mur en pierres haut de trois mètres, et l'accès se faisait par un large portail en fer forgé. Cependant, il y avait un second passage par une petite porte à l'arrière de la haute clôture. Celle-ci servait aux employés de maison et au jardinier, ainsi qu'aux petites gens, comme nous par exemple, qui ne devaient en aucun cas emprunter l'entrée principale, réservée aux visiteurs de classe lorsque ceux-ci rendaient visite, ou encore quand les maîtres des lieux recevaient des amis ou personnes importantes. J'avais la certitude que l'on pourrait trouver notre bonheur dans cet endroit. Seulement, nous n'allions pas pouvoir emporter les innombrables tableaux ou meubles de valeur, sans un véhicule suffisamment grand, et nous n'en possédions pas, bien évidemment. Alors il allait falloir se contenter de choses moins encombrantes, comme des statuettes, de l'argent ou des bijoux, s'il y en avait.

Peu importe, pour notre premier cambriolage, on allait se contenter de ce que l'on pourrait emmener chacun dans un baluchon. Je savais que toute la famille partait chaque week-end dans leur résidence secondaire près de Limoges, et la maison restait complètement vide. Elle n'attendait plus que nous.

C'était décidé, le coup serait pour samedi soir.

Vers vingt-trois heures, nous enfourchâmes nos bicyclettes, pour parcourir les deux kilomètres à peine qui nous séparait des lieux.

Je fis signe à mes deux collègues de me suivre.

Arrivés sur place, nous allions contourner le mur et nous rendre jusqu'à la petite porte de service de la partie arrière. Je savais qu'elle ne serait pas verrouillée. Elle ne l'était jamais, pour faciliter l'accès aux employés, sans avoir à se déranger sans cesse pour venir l'ouvrir. Effectivement, comme prévu, elle n'était pas fermée. Les lieux étaient déserts, seulement une magnifique pleine lune qui nous éclairait parfaitement le chemin, nous accompagnait, en projetant nos longues ombres sur le sol garni d'herbe recouverte de la rosée de la nuit. Puis on fit le tour du manoir, mais pas le moindre accès, alors on s'attela à forcer la porte arrière avec le pied-de-biche que nous avions apporté. L'autre outil en notre possession, était une simple lampe électrique, qui fonctionnait selon son bon vouloir, par intermittence.

Au bout d'à peine dix minutes, la porte en bois céda facilement, sans que nous n'ayons à fournir d'énormes efforts. Nous étions à l'intérieur, nous venions de pénétrer dans la vaste demeure, et elle était désormais totalement à notre merci. Deux sentiments se mêlaient en moi : d'abord, la peur mais aussi l'exaltation, c'était presque magique, comme dans un rêve, je savais que c'était interdit, et en même temps, je ressentais un curieux mélange d'appréhension et de supériorité, presque de toute puissance.

Nous bravions allègrement l'interdit, et personne n'était là pour nous en empêcher.

C'était la première fois que j'expérimentais cette agréable et indescriptible excitation, je pouvais même, ressentir physiquement un curieux effet de chaleur intense dans tout mon corps. Nous allions parcourir méthodiquement toute la vaste demeure, on aurait pu devenir riches, si nous avions eu les moyens de tout emporter, mais c'était impossible sur nos vieilles bicyclettes. Alors on allait se concentrer et fouiller systématiquement les endroits susceptibles de renfermer de l'argent ou des bijoux. Tout d'abord les nombreuses chambres, les multiples armoires avec leurs compartiments et tiroirs. Et ce fut un coup de maître, on allait trouver une quantité inespérée de bijoux de toutes sortes : colliers, médailles, bracelets, bagues et autres riches ornements, rangés simplement là, dans des jolies boîtes à bijoux. Et mieux encore, en forçant le secrétaire Louis XV du bureau de Monsieur, une mallette en cuir contenant une énorme somme d'argent en liquide, ainsi que d'autres plus petites quantités dissimulées ici et là. C'était inespéré, jamais on n'aurait pu imaginer réussir à s'emparer d'un tel magot, aussi facilement. Alors pour ne pas tenter le diable, nous décidâmes de quitter discrètement les lieux, de la même manière que nous étions venus. Cette nuit-là, nous allions fêter l'événement comme il se doit, avant de succomber ivres de fatigue et surtout d'alcool, sur nos couches. C'était fait, nous étions devenus des cambrioleurs, et le « *coup* » nous avait rapporté gros. Les bijoux, nous allions très facilement les vendre aux gitans qui campaient non loin de là. Même bradés, nous allions ramasser une jolie somme, qui ajoutée à l'argent en liquide, nous avait rapporté, plus que nous n'aurions gagné en travaillant dur, pendant toute une année.

Pour nous trois, c'était le filon à exploiter sans la moindre retenue. et dès le lendemain, nous pensions déjà à la prochaine opération. Et désormais, pour nos déplacements, nous allions acquérir une "Estafette Renault" d'occasion, qui nous faciliterait le travail et le transport des biens « empruntés ».

Avec notre acquisition, nous pouvions désormais nous déplacer facilement, et nous éloigner de Brive, qui était devenue dangereuse pour nos activités.

Maintenant, nous pouvions explorer facilement toutes les possibles cibles dans le département et bien au-delà. Alors nous allions passer la plus grande partie de notre temps à repérer les possibles cibles, pour nos délictueux méfaits. Curieusement, j'étais surpris par la facilité que j'avais désormais à m'en prendre au bien d'autrui. Je n'aurais jamais imaginé pouvoir effectuer ce changement aussi radical. Quelquefois, je pensais à mes parents : qu'auraient-ils pensé de mon revirement ? C'était certain, s'ils avaient été présents, jamais je ne me serais embarqué dans cette aventure. Alors je faisais tout mon possible pour chasser leur constante présence dans mon esprit.

Nous avions déjà repéré une jolie propriété près de Limoges. C'était à coup sûr une résidence secondaire,

puisqu'on avait remarqué qu'elle était habitée seulement pendant quelques week-ends. Le reste du temps, elle demeurait volets clos. Sa localisation et son accès, nous semblaient convenir et nous allions décider de passer à l'action. Cette fois avec notre véhicule et de nombreux outils adéquats pour faire face à toute nécessité, qui plus est, loin de notre repère, nous envisagions ce nouveau coup avec plus de sérénité. Le jour « J », ou plutôt la nuit, vers deux heures du matin, nous allions dissimuler notre fourgonnette derrière la maison comme pour la première fois. Après avoir inspecté les possibilités d'accès, nous allions nous attaquer à la porte arrière. Cette fois, il n'y avait pas de mur d'enceinte, ce qui facilitait l'approche et le possible chargement si nécessaire. Avec nos outils professionnels, la porte pourtant légèrement blindée, ne résista pas plus de cinq minutes. Une fois de plus, nous étions à l'intérieur, prêts à faire main basse sur tout ce qui avait de la valeur. Nous avions commencé à charger notre fourgon, avec les télés, ordinateurs et autres appareils informatiques, puis visité l'ensemble des pièces à la recherche de biens cachés, lorsque nous fûmes entourés par une demi-douzaine de Gendarmes qui nous mettaient en joue avec leurs armes de service.
Nous avions, sans le savoir, déclenché l'alarme muette, qui était reliée aux forces de l'ordre.

9

« Maison d'arrêt de Limoges »

Et, ce qui devait fatalement arriver, arriva.

Nous allions tous les trois nous retrouver au poste et immédiatement référés au juge qui nous plaça en prison préventive, jusqu'au procès.

Et malgré les quelques cocasses et vaudevillesques gesticulations et plaidoiries de notre « brillant » avocat commis d'office, il ne put rien pour nous : nous avions été pris en flagrant délit, et cela suffisait.

La sentence allait très vite tomber : six mois de prison ferme pour chacun.

J'étais terrifié de devoir intégrer l'établissement pénitentiaire de la « Maison d'arrêt de Limoges ».
Mes deux collègues en avaient déjà fait l'amère expérience, mais moi, j'étais novice, et je ne savais pas ce qui m'attendait, ou plutôt, si. Mes acolytes m'avaient déjà « briefé » sur les pratiques dans ce genre le lieu, mais même s'ils m'avaient maintes fois raconté leur vécu, je ne les avais pas vraiment pris au sérieux, tellement elles me semblaient invraisemblables, obscènes et ignominieuses.
Seulement, maintenant, j'étais là, et la peur commençait à me gagner. Et si tout ce qu'ils avaient dit était vrai ? Je n'osais pas l'imaginer une seconde, je ne pourrais pas le supporter. Pourtant, la réalité allait dépasser mes plus grandes craintes. Pour commencer, bien entendu, nous allions être séparés, chacun dans une différente aile de la prison.
Moi, j'allais me retrouver dans une cellule avec trois autres détenus qui purgeaient tous de longues peines. Grands et baraqués, arborant des tatouages sur une grande partie de leurs corps. Et les regards insistants et vicieux qu'ils me portèrent, lorsque je franchis la porte de la cellule, n'allaient pas m'échapper. C'était certain, un petit jeune comme moi, allait à coup sûr devenir leur « *chose* ». Cette première nuit dans la cellule, fut de loin la pire de ma vie. Et par décence, si vous permettez, je n'entrerais pas dans les détails.
Dès le lendemain, j'allais rapporter les inavouables faits aux responsables des lieux, qui ne furent pas

vraiment surpris autre mesure. Cependant, ils allaient m'accorder un changement de cellule, pour me retrouver avec un certain « *Jojo* », le plus ancien détenu de la prison, qui, à ses presque soixante ans, avait passé les trois quarts de sa vie derrière les barreaux et occupait seul une geôle de deux places.
Cette fois, c'était différent. Il m'accueillit aimablement, et passa une bonne partie de la nuit à me raconter son incroyable et tumultueuse vie.
Lors des promenades, que je craignais, il restait toujours à mes côtés et personne n'osa m'importuner. Il faut dire qu'il était respecté par tous, y compris par les pires brutes. C'était « *Jojo* », et personne n'aurait osé s'en prendre à lui et à ses protégés.
Moi, j'allais passer seulement quelques mois dans ce lieu, mais lui, il en avait encore pour de longues années.
Alors, je dois avouer, je fis quelquefois preuve de quelques attentions avec lui, qui m'avait respecté et soustrait aux abominables tatoués.
Finalement, mon incarcération et celle de mes deux acolytes, prirent fin au bout de quatre mois. Cela paraît peu, mais je vous avoue que lorsque vous vivez chaque jour la peur au ventre et avec l'incertitude de revoir le lendemain, le temps vous semble sans fin.
Moi, finalement, je ne peux pas me plaindre, mais pour eux, ce fut plus compliqué et cela ne s'était pas aussi bien passé. Ils n'avaient pas eu la chance d'avoir un gentil « *Jojo* » comme moi.

10

J'étais enfin dehors, vous ne pouvez pas savoir le plaisir que l'on ressent, à moins bien entendu, d'en avoir fait la triste expérience.
Mais je n'en voulais à personne, après tout, je l'avais bien cherché et j'avais dû payer pour cela. D'ailleurs, je trouvais que finalement, la justice avait été clémente avec moi, mise à part la triste expérience, dont je ne pouvais blâmer que leurs auteurs.
J'avais résolument décidé de ne plus revoir mes deux complices et de rentrer dans le rang, en me cherchant un travail digne et honnête comme la grande majorité des gens. Seulement, quoi faire ? Quel métier, quelle activité ? Je n'étais pas préparé pour ce genre de vie. Depuis toujours, j'avais été plongé dans les études, pour lesquelles j'étais assez doué, mais j'ignorais tout

du travail manuel auquel je devais faire face dorénavant.

Reprendre mes études m'était maintenant impossible, je n'avais pas les moyens pécuniaires de me payer la Fac ou une tout autre école.

Comme je regrettais maintenant ma stupide erreur. Les sages paroles de mon père me revenaient sans cesse en tête, et j'aurais voulu revenir en arrière, ne serait-ce que pour lui faire plaisir et qu'il soit fier de moi. Et ma pauvre mère qui avait tant trimé pendant toute sa vie, se tuant au travail, pour me donner une chance de parvenir à me sortir de tout ce qu'ils avaient toujours fui : la misère.

Et moi, qu'avais-je fait ?

Tout balayer d'un revers de manche, oui. Tout ce pénible travail, toutes ces heures à laver, repasser et balayer les appartements des riches bourgeois pour un salaire de misère, et tous ces affronts et moqueries qu'elle avait dû subir sans broncher, pour ne pas s'attirer les foudres des maîtres. Bien entendu, j'allais essayer de trouver un emploi. Aussi pénible et fastidieux qu'il fut, je devais avoir des revenus si je voulais louer un petit studio, ou plus sûrement une simple chambre chez un particulier. De toute manière, c'étaient les conditions que l'on m'avait imposées, si je ne voulais pas retourner derrière les barreaux. Inutile de vous dire, que j'allais fournir tous mes efforts et me consacrer à la recherche intensive et dynamique, pour satisfaire mes impératifs de liberté.

Entre-temps, avec le peu d'argent que j'avais réussi à soustraire à la minutieuse fouille de notre maison, j'allais pouvoir loger quelque temps dans un petit hôtel miteux de la vieille ville. Cependant, le travail ne courait pas les rues à Limoges en ce temps-là, et moins encore pour quelqu'un comme moi qui n'avait aucune qualification, pour les rares emplois que l'on me proposait. Finalement, j'allais réussir à dénicher une place d'assistant maçon dans une entreprise de construction. Inutile de vous dire, que c'était mal payé et éreintant, surtout pour ma frêle et anémique constitution. Cet emploi, allait me durer le temps d'une seule journée, que j'eus bien du mal à terminer, tant j'étais ténu et incompétent.

Le lendemain, éreinté, j'allais passer ma journée entière alité, sans même mettre un pied dehors, pour me restaurer. J'avais le moral dans les chaussettes. Pourtant, je ne pouvais pas me permettre de jeter l'éponge, alors je me mis de nouveau en quête d'un gagne-pain. En parcourant les rues de la ville, une affichette sur la porte d'un garage attira mon attention.

« *On cherche comptable* ».

J'hésitais longuement, car évidemment, je n'avais pas ce titre, loin de là, mais en y réfléchissant, je me sentais capable de pouvoir tenir les comptes d'un simple garage.

Ça ne devait pas être très compliqué pour moi, étant donné que j'avais malgré tout, de bonnes bases.

Je pris mon courage à deux mains et je tentais le coup. Après une longue discussion avec le patron, il décida de me prendre à l'essai. Ce soir-là, j'étais heureux, j'allais me payer un repas au restaurant, et dormir sur mes deux oreilles. Bien sûr, j'étais simplement à l'épreuve, mais je savais que j'étais capable d'assurer cette tâche, qui n'était autre que prendre les rendez-vous, et à la fin de chaque mois, mettre à jour les livres de comptabilité. Bien sûr, le salaire n'était pas mirobolant. Cependant, il allait me permettre de me payer une chambre chez un particulier et de subvenir à mes besoins les plus élémentaires.

Effectivement, la période d'essai allait passer et le patron, satisfait de mon travail, allait m'embaucher définitivement. C'est de nouveau une période dont je garde un joli souvenir. J'avais réussi par mes propres moyens, à devenir un membre respectable de la société, et je ressentais une véritable fierté.

C'est aussi à cette période-là que j'allais rencontrer une charmante jeune fille, « Isabelle ».

C'est lors d'une pause déjeuner au bistrot du coin, que j'allais faire sa connaissance.

Lorsque je pénétrais dans le local, elle était attablée en compagnie de deux autres copines. Un instant, nos deux regards se croisèrent, et je ressentis comme un frisson, qui me donna la chair de poule.

Tremblant de tout mon corps, je m'installais à une table tout près d'elles. La patronne m'apporta le menu comme chaque jour, mais je fus incapable de prendre la moindre cuillerée.

Je voyais bien que je ne lui étais pas indifférent. De temps à autre, elle jetait un regard discret en ma direction, accompagné d'un léger sourire.

Puis, ayant terminé leur déjeuner, elles payèrent et partirent, sans que je ne puisse faire le moindre geste ou prononcer la plus infime parole.

Il était temps pour moi aussi de rejoindre mon petit bureau du garage. Alors, lorsque je m'approchais de la caisse, la patronne, étonnée de voir mon assiette pleine, me demanda si quelque chose n'allait pas dans le repas.

Je m'excusais vivement.

— Non ! Non, tout va bien, écoutez, vous connaissez la jolie brune aux cheveux longs, qui était avec ses deux copines, juste à la table près de la mienne ?

— Ah ! Je comprends maintenant ce qui n'allait pas dans le menu aujourd'hui !

Dit-elle d'un air gentiment sarcastique.

— Oui, elles viennent souvent déjeuner, elles travaillent à la banque à côté, et la jolie brune, s'appelle Isabelle, elle est la fille du Directeur.

11

À partir de ce moment, je n'avais plus qu'une seule chose en tête : revoir Isabelle et avoir le courage de lui parler. Cependant, mille questions me passaient par la tête. Voudrait-elle seulement m'adresser la parole ? Après tout, elle était la fille d'un notable, et moi, un simple gratte papier, sans le moindre intérêt. Pourtant, je n'avais pas rêvé, elle m'avait bien souri, cela voulait dire que je ne lui étais pas indifférent, ou alors je ne comprenais rien au genre féminin. Il était vrai que dans la matière j'étais loin d'être un expert.

J'avais connu quelques filles par le passé. En fait, pas tant que cela, je pouvais les compter sur les doigts d'une main, et toujours à la sauvette, dans les booms où les bals populaires, mais jamais je n'avais ressenti un tel attrait. Là, c'était quelque chose de différent, c'était la première fois que j'éprouvais une telle attirance.

Je crois que j'étais tout simplement tombé amoureux. Pendant toute la semaine qui suivit, je guettais son arrivée à l'heure du déjeuner, mais elle n'est pas apparue. J'étais désespéré, mes nerfs allaient me lâcher, c'était sûr, je n'en pouvais plus, que se passait-il ?

Pourquoi ne venait-elle plus se restaurer ?

Il fallait que je fasse quelque chose, je ne pouvais pas rester passif, il me fallait agir. Alors, j'allais demander à mon patron de pouvoir m'absenter quelques heures, j'allais en profiter pour me rendre jusqu'à la banque. Avec l'excuse d'ouvrir un compte dans cette succursale, j'aurais peut-être la possibilité de pouvoir l'apercevoir, et qui sait avec un peu de veine, lui parler. Ce jour-là, c'était certain, la chance n'était pas disposée à me sourire. Pourtant, je fis tout pour l'apercevoir, mais sans succès. J'allais tout faire pour prolonger l'entretien, en posant un tas de questions inutiles, puisque je connaissais les réponses.

Pour gagner du temps, j'allais pousser le vice, jusqu'à lire et relire les conditions de mon contrat, au point de remarquer que je commençais à exaspérer mon interlocuteur.

Pas la moindre trace de sa présence, j'étais maudit. Je dus partir sans même apercevoir son ombre dans les couloirs. La nuit qui suivit fut pour moi un véritable supplice, je ne savais plus quoi faire, ni quoi penser.

C'était certain, je m'étais fait des idées, mes sentiments m'avaient joué un sale tour.

Il fallait dès lors, que je me sorte ces idées farfelues de ma tête, sinon, j'allais devenir fou.

J'allais prendre la sage résolution de ne plus penser à elle, même en rêve. Le lendemain, je me rendis à mon travail, comme d'habitude, avec en tête ma définitive et irrévocable décision. Je m'étais juré de ne plus penser à elle et j'allais tenir parole. A l'heure du déjeuner, je me rendis à mon habituel bistrot et je n'en crus pas mes yeux Isabelle, avec ses deux inséparables copines, était là, et elles prenaient leur encas.

Maintenant, que faire ? Non, je n'allais pas tomber de nouveau dans le même piège, je me l'étais promis.

Toute cette histoire, c'était seulement dans ma tête, j'avais tout imaginé, tout inventé, tout élaboré pour que cela paraisse réalité.

Je pris place à une table, et « Hariette », la sympathique patronne des lieux, m'apporta le menu comme chaque jour.

Il n'allait pas se passer plus de cinq minutes, lorsque par le plus grand des hasards, nos regards se croisèrent pour la seconde fois, et je ne pus m'empêcher de remarquer son adorable visage, arborant toujours ce joli petit sourire. Je vous avoue, qu'à cet instant-là, je dus me pincer pour vérifier que je n'étais pas dans un rêve. Je baissais la tête, fixant mon assiette, et décidais de l'ignorer en finissant mon repas. J'entendis qu'elles se levaient pour payer et partir, mais toujours dans ma singulière position, je ne bronchais pas. Puis soudain, je vis une main qui me tendait quelque chose. Je levais les yeux, et Isabelle, affichant un large sourire, se tenait plantée là, juste devant moi, et me tendait un sous-verre en carton. Par réflexe, je le pris, et sans prononcer le moindre mot, elle rejoignit ses deux amies pour quitter l'établissement. Je restais planté là un moment, comme si j'avais vu une apparition. Quelques minutes après, je repris un peu mes esprits et fus surpris d'avoir cet objet dans ma main. Je le retournais, et au dos, encore dans un état de confusion, je remarquais un message qui m'était destiné.

« Bonjour, mon beau timide, je m'appelle Isabelle et voici mon numéro de téléphone, « 55 36 38 ».

12

Je vous avoue qu'à ce moment-là, j'étais aux anges. Tout à coup, ma vie venait de basculer. Cette fois, ce n'était pas un rêve, Isabelle venait de me donner son numéro de téléphone, et je n'avais rien eu à faire, c'était de sa propre initiative. J'oubliais aussitôt la promesse que je m'étais faite.
Cette fois c'était sûr, je l'intéressais. Je vous avoue que j'avais du mal à réaliser : Isabelle voulait que je l'appelle.
Ma journée terminée, je m'empressais de m'engouffrer dans la première cabine que je vis. Bien entendu, je ne disposais pas d'appareil téléphonique dans ma chambre. Inutile de vous dire que je n'en menais pas large, je finis par composer le numéro. Quelques instants après, j'entendais la voix d'un jeune garçon.

— Oui, allô ?

— Bonjour, pourrais-je parler à Isabelle ?

— Oui, je vais chercher ma sœur, elle est dans sa chambre.

Quelques minutes après, Isabelle était en ligne.

Je vous assure qu'à ce moment-là, ma timidité, avait disparu.

Mon assurance était revenue, et j'étais parvenu à obtenir un rendez-vous pour le lendemain, samedi.

Nous n'allions pour ainsi dire plus nous quitter de tout le week-end.

J'étais sur un petit nuage, c'était mon premier vrai rendez-vous, et qui plus est, avec la plus jolie fille que je n'avais jamais vue

Les semaines qui suivirent, nous allions passer de longs moments inoubliables dans ma chambre.

Seulement, très vite, j'allais me rendre compte que quelque chose la tracassait et qu'elle n'osait pas m'en parler. Un soir que nous étions dans mon lit, je pris les devants, et lui posais directement la question.

— Isabelle ! Je vois que quelque chose te tracasse ! Tu sais, tu peux tout me dire ou me demander, je suis prêt à satisfaire le moindre de tes désirs.

— C'est vrai ? Je n'osais pas t'en parler !

— C'est à cause de ma chambre, n'est-ce pas ? Je sais, je ferais n'importe quoi pour te satisfaire, c'est provisoire, mais je t'assure que ...

Isabelle l'interrompit.

— Non Lucien ! Ce n'est pas du tout la chambre, tu

sais, je serais toujours bien partout, si je suis à tes côtés !

Mais, je n'ai pas l'intention de passer ma vie enfermée dans un bureau de la banque de mon père. De plus, il est odieux avec moi, aussi bien à la maison que devant mes amies. J'ai un plan en tête, mais je ne sais pas si je dois t'en parler !

— Mais voyons Isabelle, tu peux tout me dire, je suis à tes côtés, tu peux compter sur moi !

— Lucien, c'est un peu délicat, j'ai peur que tu m'en tienne rigueur !

Je la pris dans mes bras et la rassurai.

— Allez, dis-moi tout !

— Eh bien voilà…

Isabelle allait lui dévoiler avec moult détails ce qu'elle avait en tête.

Elle avait imaginé un plan pour escroquer son père et partir ailleurs, profiter de la vie facile.

Elle feindrait son enlèvement, pour que son père paie une grosse somme d'argent en échange de sa libération.

Cependant, elle avait besoin d'un complice de toute confiance.

Lucien, surpris, ne sut que répondre. Il réfléchit un instant et rétorqua.

— Isabelle ! Je t'ai promis de tout faire pour toi, alors si tu veux bien, je vais t'aider !

— Oh ! Mon Lucien, j'avais si peur de t'en parler, je

te remercie infiniment. Si tu veux de moi, nous partirons ensemble, tu verras nous allons vivre une vie de rêve.

remercie infiniment. Si tu veux de moi, nous partirons ensemble, tu verras nous allons vivre une vie de rêve.
— Bien sûr ma chérie, j'irais jusqu'au bout du monde s'il le fallait, juste pour rester à tes côtés.

13

À cet instant-là, j'étais loin de m'imaginer dans quelle indescriptible embrouille je m'embarquais.

Moi qui avais juré de rester « clean » et de suivre dorénavant le bon chemin, allais complètement déraisonner et prendre un douteux sentier dont j'ignorais complètement où, et à quoi, il allait me conduire. Mais j'étais prêt à tout pour faire plaisir à Isabelle, j'étais amoureux et comme chacun sait, dans cet état, la raison est totalement altérée et ne discerne pas le bien du mal.

Et ce que je m'apprêtais à faire, penchait largement du mauvais côté. Bien entendu, elle avait déjà tout planifié depuis longue date, je n'avais plus qu'une chose à faire, dire oui.

Oui à tout.

Pourtant, ma raison, qui freinait des quatre fers, me disait avec insistance de ne pas m'embarquer dans cette histoire, mais mon cœur, lui, ne voyait pas les choses de la même façon, et nous savons tous que dans la plupart des cas, c'est celui-ci qui l'emporte.

Et comme vous l'aurez déjà deviné, ce fut bien lui, qui remporta le combat, par KO.

Alors, me voici embarqué dans un indescriptible imbroglio, dont je m'interdisais même de chercher à savoir où il me conduirait. Parfois, mon subconscient parvenait à me glisser à l'oreille, un petit mot de franche désapprobation, que je faisais mine de ne pas avoir entendu.

Le plan d'Isabelle était tout simple. Un soir en rentrant du travail, elle allait partir se cacher quelque part où absolument personne n'aurait l'idée de la chercher.

Pour plus de crédibilité, elle allait laisser son sac à main avec toutes ses affaires, et même une de ses chaussures, sur le bord de la route, avant de disparaitre. Bien entendu, cette partie du plan me paraissait jouable et je dirais même ingénieux, mais je voulais connaitre la suite, pour porter un jugement de valeur.

Deux jours plus tard, ses parents recevraient un appel, demandant cinq cents millions de francs, s'ils voulaient revoir leur fille en vie. Bien entendu, interdiction totale de prévenir les autorités, sous peine de son exécution immédiate.

Le lendemain, un second coup de fil leur donnerait les instructions à suivre.

Déposer une mallette quelque part, avec l'argent en billets usagés, sans le moindre marquage, ni aucune possibilité d'identification.

Si tout se déroulait convenablement, leur fille leur serait rendue saine et sauve. Dans le cas contraire, elle serait abattue.

Ouf ! Ça c'est du lourd, c'est bien ce que je craignais, me disais-je intérieurement.

Je fis mine de ne pas montrer ma stupeur devant Isabelle, bien entendu.

— Alors, qu'est-ce que tu en penses, me dit-elle ?

J'allais approuver totalement, la félicitant même pour son plan génial. Seulement, il contenait « quelques légères zones d'ombre », et quand je dis légères, c'est un doux euphémisme.

Si j'avais bien compris, et c'était le cas, mon rôle n'allait pas être celui d'un simple figurant, elle m'avait réservé celui de vedette.

Seulement, maintenant qu'elle m'avait tout dévoilé, je n'avais plus le choix, je devais accepter, d'autant que je ne voulais pas la perdre.

J'allais donc lui confirmer mon accord et mon total soutien.

Nous allions discuter de chaque détail, pour combler les quelques « infimes zones d'ombre » de son plan et le mener à bien avec elle.

Pour commencer, nous avions trouvé un lieu sûr, où elle pourrait se cacher facilement, sans être repérée.

La vieille maison abandonnée de ma grand-mère à la sortie de « Brive », que je dus rendre à peu près habitable en trimant comme un forcené pendant les week-ends.

Elle allait s'y rendre en autocar après son fictif « enlèvement ».

Quant à moi, j'allais me charger de passer les appels, ce qui finalement, fut le plus facile. Ensuite, je récupérais la mallette avec l'argent, que le banquier allait déposer à ma demande dans un container d'ordures ménagères près de la gare routière de Limoges, depuis laquelle j'avais prévu rejoindre Isabelle dans l'ancienne maison de ma grand-mère à Brive. Nous avions décidé d'y demeurer quelques jours avant de monter à Paris, et de prendre un vol pour

« *Rio de Janeiro* », au Brésil.

Hélas, le voyage allait être beaucoup plus court, il se termina lorsque toute une brigade de Police me cerna alors que par le plus grand des hasards, j'avais le bras et la tête plongée dans le container.

Ça aurait pu être un bon sketch, si la chute n'avait pas donné lieu à des conséquences aussi douloureuses.

D'autant que pour clore le spectacle, Isabelle déclara que je l'avais enlevée et retenue prisonnière pour escroquer son père.

Voilà ! Je vous octroie la faveur de conférer une morale à cette belle histoire d'amour.

14

Cette fois, le juge n'allait pas me louper, j'allais payer le prix fort : condamné pour vol, extorsion de fonds, et plus grave, séquestration. J'allais en prendre pour cinq ans fermes. Alors, retour à la maison, pas la mienne hélas, celle d'arrêt de Limoges. J'allais y retrouver certaines de mes vieilles connaissances, comme les tatoués. Je demandais des nouvelles de mon vieil ami « Jojo », mais malheureusement, il était décédé en prison, seulement quelques mois avant sa libération anticipée. J'étais triste pour lui, et préoccupé pour mon séjour, puisque je n'avais plus mon protecteur. Il me fallait trouver un moyen pour me faire respecter, c'était vital pour mon intégrité physique et ma dignité. Je devais tenter de devenir un "caïd" à mon tour, c'était la seule façon pour que l'on me considère.

Seulement, on ne se fait pas une telle réputation aussi facilement, je devais faire mes preuves auprès des autres détenus et surtout les plus violents d'entre eux. J'allais devoir me forcer, car ce comportement n'était pas dans ma nature, et de plus, je risquais d'aggraver ma situation vis-à-vis de la justice, qui refuserait toute demande de libération anticipée pour bonne conduite. Bien au contraire, j'allais certainement prendre du « *rab* ».

Le risque était trop grand, mais je devais très rapidement faire un choix.

C'était un véritable dilemme, et une équation insoluble.

Je savais que d'une façon ou d'une autre, j'allais forcément y laisser des plumes.

Mais, comment devenir un « boss » lorsqu'on a à peine vingt-quatre ans, pas vraiment un corps d'athlète et que l'on doit faire face à des gaillards de plus de cent kilos, rompus à la lutte, aux incessants conflits et qui sont enfermés à vie, sans peur d'alourdir leur peine, où avoir une quelconque raison de satisfaire les autorités ? C'était un défi de taille, que je devais absolument relever. De toute manière, je n'avais pas vraiment un autre choix, si je voulais survivre dans cette véritable jungle, où seule la loi du plus fort règne en maître.

C'est alors que je me souvins du dicton préféré de mon père, dont je vous ai déjà parlé.

« Ce n'est pas par la force brute que tu vaincras, mais par celle de l'esprit et de l'intelligence ».
Oui ! Bien sûr, c'était la solution ! Mais comment n'y avais-je pas pensé plus tôt ?
C'était l'unique alternative, bien sûr ! Mais de quelle manière l'imposer aux plus intraitables brutes ?
J'avais la solution, mais pas le mode d'emploi.
Pourtant, il fallait agir, et rapidement. Je devais absolument m'imposer sans délai, frapper fort et montrer qui était le maître. Dans ces lieux, il n'y a pas de demi-mesure : tu maîtrises, ou c'est quelqu'un d'autre qui le fait à ta place. Alors, j'avais décidé de dominer. Pas par la force, vous l'avez compris, mais par la ruse. La seule arme dont je disposais. Et il faut dire que malgré mon scepticisme, cela allait fonctionner, au-delà de mes espérances. Chaque fois que quelqu'un me cherchait des histoires, je le désarçonnais en lui balançant une phrase des plus alambiquées, sortie d'un livre comme, « *Être et Temps* », de « *Martin Heidegger* » ou bien
« *La veillée des Finnegan* », de « *James Joyce* », entre autres. Il fallait voir leur tête, lorsque je répondais à leurs outrageantes invectives, par une phrase dont ils ne comprenaient ni le moindre mot ni le sens.
« Merci papa ! Merci beaucoup, tu étais un prodige doublé d'un poète ». Il est vrai que la plupart, me prenaient pour un fou ou un illuminé, mais cela suffit, pour qu'on me fiche la paix et que l'on se désintéresse complètement de moi.

Cela me convenait parfaitement, c'était le but recherché, et j'allais tranquillement, accomplir ma peine, enfin, un peu moins de quatre ans, puisque j'allais être libéré avant son échéance, pour conduite irréprochable.

15

Lorsque je quittais la prison de Limoges, à mes vingt-sept ans, j'allais me retrouver à la rue.

Je ne connaissais personne, et il n'était pas question que je renoue avec mes anciennes connaissances.

J'avais une vague idée qui me trottait dans la tête depuis pas mal de temps. Je ne sais pas pourquoi, mais je voulais devenir marin, quelle drôle d'idée pour un gars du fin fond de la Corrèze.

Mais que voulez-vous ? J'avais lu que les plus grands « Conquistadores », étaient presque tous originaires du fin fond de Castille, en plein centre de la Péninsule

Ibérique. Alors pourquoi un Corrézien, ne pourrait-il pas devenir marin ?

Décidé à en faire mon métier, j'allais prendre le train pour la Rochelle, avec le peu d'argent que j'avais gagné avec mes petites activités en prison.

C'était la première fois que je voyais la grande bleue, et elle était encore plus belle que je ne l'avais imaginé. J'ai arpenté les quais et les bistrots du port à la recherche d'un emploi sur un cargo, et finalement, c'est un Maitre d'équipage grec, « Claus », qui allait m'engager sur le « *HARPIK* ».

Ce cargo, dirigé par le Capitaine « Ambrocio » où j'allais embarquer comme simple matelot, employé aux travaux de maintenance et de nettoyage des ponts, sous les ordres de « Claus », qui dirigeait et affectait chaque jour ses hommes aux diverses tâches à bord.

Le travail, bien que peu intéressant et assez monotone, me plaisait moyennement. C'est surtout lorsque nous prenions nos poses déjeuner et dîner, que l'on pouvait admirer tranquillement, l'immensité de l'océan.

L'équipage était composé d'un groupe cosmopolite d'une bonne demi-douzaine de nationalités. Parfois, les conversations entre nous, devenaient un véritable papotage, où seuls les signes pouvaient être interprétés. Mais ceux-ci engendraient quelquefois des quiproquos, qui prenaient des heures à se clarifier. Heureusement pour moi, il y avait aussi un autre Français, un marseillais, « Albert », d'une quarantaine d'années, qui naviguait déjà depuis de longues années, et qui avait fait plusieurs fois le tour du monde.

Tout naturellement, nous allions très vite devenir amis et à chaque escale, nous partions toujours ensemble, faire le tour des troquets du coin.

« Albert » était un gars comme on n'en fait plus, le cœur sur la main, toujours prêt à rendre service et à offrir son aide à n'importe qui, mais il avait un défaut, et pas des moindre.

Dès qu'il avait un coup dans le nez, ce qui était presque habituel et quotidien, il ne fallait pas lui chercher des noises, car son poing partait au quart de tour, ce qui nous avait mis plus d'une fois, dans des embrouilles impossibles, lorsque nous partions nous défouler dans les quartiers chauds des ports, à chaque escale.

C'était un vrai forcené, avec son mètre soixante-cinq et ses soixante kilos. Tout mouillé, il n'hésitait pas à s'en prendre à des gaillards du double de ses mensurations.

Cela étant, il arrivait ce qu'il arrivait, je devais le ramasser à la petite cuillère pour le ramener au bateau, en m'excusant bien platement, à sa place, pour ne pas prendre une dérouillée moi-même, ce qui n'était pas toujours garanti. Le lendemain, il ne se souvenait plus de rien, mais moi, j'avais passé un sale quart d'heure, car certains n'acceptaient pas mes excuses. Mais lorsqu'il était à jeun, c'était le meilleur des amis et je l'aimais bien. Combien de nuits nous avons passé à nous raconter nos péripéties et nos amours ? Bon, surtout les siens, puisque ma liste était très limitée.

Je n'ai jamais compris son succès avec les femmes, avec son air de frêle moussaillon, n'ayant pas plus de dix mots de vocabulaire dont la moitié, des jurons.

C'est certain, il devait avoir son secret. En tout cas, il ne me l'a jamais avoué. Nous allions parcourir la moitié du monde et visiter les plus jolis ports de la planète, bien que nos randonnées se limitaient toujours aux quartiers chauds, qu'il connaissait par cœur. C'est justement dans le port du Pirée en Grèce, lors d'une longue escale, que le « *HARPIK* », avait eu une avarie importante. Le Capitaine devait attendre l'arrivée des nouvelles pièces et sa remise en marche, alors nous avions quartier libre chaque jour, avec l'obligation de revenir coucher à bord.

Un jour, que nous déambulions dans les étroites ruelles de la vieille ville où se trouvaient les meilleures tavernes où foisonnaient les filles, nous avons eu une malencontreuse rencontre avec un des ennemis jurés de mon ami « Albert ».

Quelques années, auparavant, ils avaient eu une violente altercation, à cause d'une fille, qui faillit se terminer très mal, si la Police n'était pas intervenue à temps. Depuis, ils se vouaient une haine folle et tenace.

À peine l'avait-il aperçu, fidèle à son habitude, Albert se lança sur lui et lui assena un violent coup de poing qui le fit tomber à la renverse. Malheureusement, celui-ci, surpris, chuta lourdement et allait se cogner la tête sur le rebord du trottoir. Les secours arrivés rapidement ne purent rien faire, l'homme était mort à cause d'une fracture crânienne. Nous allions tous deux être menottés et emmenés au commissariat central du Pirée. Me voici embarqué de nouveau dans une histoire que je n'avais ni voulu, ni provoqué.

Pourtant, malgré mes tentatives d'expliquer les faits tels qu'ils s'étaient déroulés, les fonctionnaires ne voulurent rien entendre. Nous allions immédiatement être placés dans deux cellules différentes et interrogés par le commissaire, qui nous référa sans délais devant un juge, avec comme délit, meurtre en réunion.

Mon ami « Albert », ne fit rien pour me dédouaner, et nous allions être inculpés tous deux pour ce délit.

16

Nous allions être incarcérés pendant un an, en prison préventive, pendant ce temps, je n'allais plus revoir mon ami Albert, ni avoir de ses nouvelles.
Ce fut seulement le jour du procès ou nous allions nous retrouver ensemble dans le même box du tribunal.
Et même à ce moment il nous fut interdit de nous adresser la moindre parole. Nous avions tous deux eu droit à un avocat commis d'office et je peux vous assurer que ce n'étaient pas des ténors du barreau.

J'en voulais à mon ami Albert, parce qu'il n'avait rien fait pour m'innocenter, sachant parfaitement que j'étais totalement étranger à cette histoire. Ma seule faute était de m'être trouvé ce jour-là, en sa compagnie. Cependant, je caressais l'espoir que lors du procès, il allait enfin déclarer devant le juge, que je n'avais rien à voir avec ce fâcheux événement.

L'audience allait être expéditive, elle ne dura que quelques heures. Pourtant il y avait eu de nombreux témoins lors des faits, mais mon illustre avocat ne convoqua personne pour venir à la barre et déclarer en ma faveur. Le verdict allait être expéditif, sans la moindre délibération, et sans sourciller, l'honorable juge prononça sa sentence ferme et définitive : trente années de prison ferme pour les deux inculpés.

Argument retenu, meurtre en réunion.

À cet instant, le ciel me tomba sur la tête, j'étais anéanti. Lorsque le juge me demanda si j'avais quelque chose à déclarer, je fus incapable de prononcer le moindre mot.

Et me voici de nouveau de retour dans ma vieille cellule, que j'occupais avec deux autres détenus Turcs. Cette journée était comme un mauvais rêve. Cet avocat, que je n'avais vu furtivement qu'à deux occasions pendant ma préventive, mon ami, devenu désormais un étranger qui m'embarquait dans son affaire et ce juge sans la moindre once de pitié, n'ayant même pas pris le temps de chercher à comprendre.

Pour lui, c'était limpide, nous avions assassiné froidement un de ses compatriotes, et cela suffisait pour nous infliger la plus haute des peines, prévue dans le code rouge qui trônait à ses côtés. Après tout, il n'avait rien à se reprocher, il n'avait fait qu'appliquer la loi. Moi, j'étais atterré, dégouté à jamais de l'âme humaine, trahi par mon meilleur ami, condamné à tort par un juge au parti pris, qui n'avait tout simplement pas fait son devoir : celui de rendre sereinement la justice. Mais aussi par un avocat incompétent qui n'avait pas tenté un seul instant de chercher la vérité.

Bref, je savais désormais que j'allais passer une grande partie du reste de ma déjà tumultueuse vie, enfermé dans une prison, qui plus est, dans un pays réputé pour son ignoble traitement des détenus.

Je clamais mon innocence de tout mon être, sans espoir d'être entendu. Je ne revis jamais mon avocat. D'ailleurs, à quoi bon ? Il n'avait rien fait pour ma défense, donc je ne pouvais rien attendre de lui.

Mon propre ami m'avait lâché, ce que je n'aurais jamais pu imaginer.

J'étais seul, oui, bien seul et cette fois, pour longtemps.

La prison préventive m'avait déjà donné un avant-goût de ce qui m'attendait durant de nombreuses années, je craignais que ma méthode ne fonctionne pas vraiment ici, où j'étais étranger et mes phrases en français soient prises pour des insultes, ce qui n'arrangerait pas vraiment ma déjà précaire situation. Parfois, je me demandais ce qu'aurait fait mon père, j'essayais d'imaginer, mais rien ne venait me réconforter ou adoucir mon triste sort.

Pourtant, il me fallait survivre, continuer le combat, ne pas jeter l'éponge. Je savais pertinemment que lui, n'aurait jamais abandonné, il se serait battu jusqu'au bout, pour faire reconnaître son innocence.

Seulement, moi, en aurai-je la force ?

Malgré mes incessantes clameurs d'innocence, les mois et les années allaient passer avec une lenteur désespérante : personne pour m'écouter et encore moins pour me croire. Le temps semblait ralentir au fur et à mesure que les années passaient, comme si chaque jour se répétait à l'infini.

J'essayais de me réfugier dans la lecture, surtout celle qui parlait d'aventures et de lointains et somptueux paysages, dans lesquels je me plaisais me voir arpenter les collines et montagnes les cheveux au vent. Malheureusement pour moi, la bibliothèque de la prison grecque était peu fournie en ouvrages en français, et je lus et relus maintes fois les mêmes livres, que je finis par connaître presque par cœur.

J'étais seul, oui, bien seul et cette fois pour longtemps.

17

J'avais compris que quelque chose de grave venait de m'arriver et ce qui me rendait plus pessimiste, c'était mon impuissance, ma terrible et désespérante impuissance, face à cette monstrueuse et effrayante machine incontrôlable, qui s'était mise en route pour me broyer, que j'étais totalement incapable de stopper. J'avais beau chercher à lui échapper, ma tête ne parvenait pas à m'aider et à me sortir de cet incroyable cauchemar. Comment avais-je fait, pour me fourrer dans ce véritable imbroglio ? Moi, toujours d'un caractère précautionneux et suspicieux, m'étais fait avoir comme un débutant... Pourtant, mes expériences auraient dû m'alerter, mais non, je suis tombé dans le panneau la tête la première.

J'étais en colère contre tout le monde, mais surtout contre moi-même, j'avais fait preuve de négligence et surtout de manque de sagesse et de discernement.

La vie dans ma désormais demeure pour un bon temps, était exécrable. Nous étions à vingt dans une minuscule cellule, entassés comme des harengs en boîte, sans la moindre intimité. Nous devions nous disputer les quelques couchettes chaque nuit, puisque nous étions plus nombreux que les couches disponibles. Cette fois, il n'y avait pas d'autres Français parmi les prisonniers, mais vu l'expérience avec mon bon ami

« Albert » de Marseille, j'avoue que cela ne me manquait pas.

« *Chat mouillé, craint l'eau chaude* ».

Le pire, c'étaient les repas, si je peux leur attribuer ce nom. Une espèce de bouillie indéfinissable, qui ne variait qu'une fois par semaine, le dimanche. Ce jour-là, nous avions droit à une ration de pain, avec un peu de viande séchée.

C'était pour nous, jour de fête. Les conflits étaient quotidiens, et éclataient pour le moindre petit désaccord ou pour un simple regard, mal interprété. Je dois vous avouer que, si j'avais su ce que j'allais endurer dans cette sorte de prison du Moyen Âge, je crois que j'aurais quitté ce monde barbare, surtout sachant ce que je sais aujourd'hui. J'étais abandonné de tous, même de mon pays. L'ambassadeur, ou l'un de ses sous-fifres, ne se sont jamais dérangés pour prendre de mes nouvelles, et pour cela, je lui en veux, oui, ce pays qui se gargarise d'être celui des droits de l'homme, n'a pourtant pas bougé le petit doigt pour me venir en aide. Il est vrai que je n'étais pas un notable, qui aurait pu apporter des honneurs à celui qui aurait réussi à me libérer, mais seulement un simple et pauvre fils de bouseux, sans gloire ni envergure. Moi, je n'étais qu'un moins que rien, et on ne se mouille pas pour si peu. Il faut que cela vaille la peine de prendre parti et d'agir, sinon ce n'est pas rentable, ça ne rapporte pas des voix aux élections.

C'est malheureux, mais c'est la triste réalité. En tout cas ça aura été la mienne.

Mais ma rage, n'est pas seulement dirigée contre mon pays. Elle l'est aussi contre cet autre pays, la Grèce, berceau de la démocratie. Comment peut-elle prétendre à un titre aussi pompeux aujourd'hui, quand elle traite les humains pires que des bêtes ? Il fallait voir comment les coups de matraques en cuir des surveillants, s'abattaient sur toi, à la moindre inconduite ou écart, et peu importe si tu étais fautif ou pas, tu recevais la correction, et ensuite tu étais convoqué chez le Directeur. Combien de temps allais-je tenir dans cet enfer ? Je ne le savais pas. En tout cas, pas trente ans non, c'était impossible, c'était quelque chose qui dépassait l'entendement. Je n'en aurais jamais eu la force.

Quelque chose ou quelqu'un devait venir m'aider à mettre fin à ce délire, jamais je ne pourrais m'en sortir seul. Et pourtant, le temps passait lentement oui, mais il passait. Les années s'égrenaient, les unes après les autres, et seule ma colère et mon indignation me faisaient tenir debout, parce que j'étais innocent, oui, complètement innocent et je ne pouvais pas supporter cette injustice, ce manque de considération et de respect qui m'étaient dus.

Comment pouvait-on consentir à cette aberration, ce mépris pour la justice humaine ?

Et puis cette vie, ou plutôt survie, entre ces murs infranchissables et insensibles à mes clameurs.

Je n'étais certainement pas le seul à subir ce triste sort, mais le plus dur était l'impossibilité de le partager avec quelqu'un d'autre. Je suis certain que ça m'aurait aidé, mais autour de moi, personne qui me comprenne, personne à qui confier mes états d'âme. Dans ces années-là, le peuple Grec, souffrait la terrible dictature des colonels et les premiers à en pâtir, ce furent les prisonniers. Pour nous, pas de pitié, nos droits étaient complètement anéantis, les morts se comptaient par centaines dans notre prison. Il ne se passait pas une semaine, sans que l'un d'entre nous ne sorte les pieds devant. Les gardiens étaient devenus de vrais tortionnaires au service du pouvoir. Et personne n'échappait à leur autorité toute puissante, prisonniers politiques ou de droit commun, nous étions tous logés à la même enseigne. À la moindre demande de révision ou de simple réclamation, tu recevais toujours la même réponse : une violente rouée de matraque par un surveillant. Alors, tu subissais en silence, évitant d'attirer l'attention, heureux déjà de pouvoir survivre un jour de plus dans cet univers hors du temps.

18

Les militaires, menés par « *Papadópoulos* », arrivent au pouvoir par le coup d'état du vingt-et-un avril 1967, c'est alors la dictature « des Colonels », qui prennent le contrôle absolu du pays et abolissent la Constitution. Le roi « *Constantin II* » doit fuir et se réfugier à Rome. C'est alors un régime tyrannique qui s'installe en Grèce et qui va durer jusqu'en 1974, commotionnant le pays par des arrestations arbitraires et la négation des droits les plus élémentaires.

Les prisons, déjà pleines à craquer, vont se convertir en véritables camps d'internement.

Pour moi, c'était la fin de tout espoir de retrouver un jour la liberté. C'était couru d'avance, j'allais finir mes jours dans ces horribles cachots, qui sait comment ? Fusillé, par les militaires, mort de faim ou assassiné par une des nombreuses bandes de mafieux qui contrôlaient la prison. D'autant qu'en tant qu'étranger, je ne comprenais pas un traître mot de ce qui se disait à mon sujet, et pas le moindre allié pour me protéger. Bien au contraire, tous me fuyaient, craignant d'être accusés d'un quelconque complot contre le pouvoir.

En mille neuf cent soixante-quatorze, le régime des colonels allait tomber et la nouvelle constitution était promulguée. N'ayant pas trouvé le moindre motif pour mon inculpation et moins encore pour mon maintien en prison, le juge chargé de mon cas, allait demander ma libération sans la moindre charge, mais sans la moindre excuse ni indemnisation non plus.

De ce fait, j'allais me retrouver de nouveau à la rue, mais cette fois dans un pays étranger. Après avoir traîné un peu partout en ville, je décidais de tenter de nouveau ma chance, dans la marine marchande.

Par le plus grand des hasards, j'aperçus le « *HARPIK* » à quai et je me rendis aussitôt au bateau.

Après avoir demandé l'autorisation de monter à bord, je rencontrais mon ami et ancien maitre d'équipage, « *Claus* », qui me reconnut aussitôt.

Le Capitaine « Ambrocio » allait m'engager de nouveau. Enfin, la chance semblait tourner pour moi. Le Cargo allait appareiller deux jours plus tard, et j'allais quitter cette terre où j'étais absolument persuadé que je finirais ma vie. Et me voilà enfin libre, navigant les cheveux au vent vers le port de *« Naples »* en Italie.

C'était une sensation de bonheur indescriptible, moi qui, quelques jours avant, étais certain de finir ma vie, oublié de tous entre ces quatre misérables murs, me trouvais libre, en pleine mer avec un chargement d'huile d'olive et de vin, naviguant vers un port Italien. La vie quelques fois, vous donne le tournis, mais cette fois, je vous assure, j'étais heureux de ressentir cette douce sensation.

19

Alors que nous naviguions au large de l'île de « *Crète* » le bateau fut intercepté par une embarcation comblée d'hommes armés, qui faisaient feu en l'air pour nous intimider et nous obliger à arrêter le cargo.
Les personnes en tenue pseudo-militaire montèrent à bord et prirent le contrôle du navire par la force.
Le capitaine « Ambrocio » fut immédiatement fait prisonnier et transféré sur leur embarcation. Quant à l'ensemble de l'équipage, parmi lequel je me trouvais, il fut rassemblé sur le pont supérieur, où nous allions rester attachés et sous bonne garde, durant tout le trajet qui allait nous conduire jusqu'à un port que je ne sus déterminer. Là, le cargo allait être complètement fouillé et pillé de tout son chargement ainsi que de nos affaires personnelles.

Durant toute la journée, des dizaines de personnes civiles et militaires, de toute évidence des pirates, allaient complètement vider le navire. Pendant tout ce temps, nous allions rester attachés, sans pouvoir bouger, et sans boire ni manger, assistant impuissants, au pillage en règle de notre navire. Le soir venu, nous allions être conduits à terre, et enfermés dans une vaste cour, aux murs hauts de plus de quatre mètres, où nous allions rester pendant trois jours, suffocant durant la journée et morts de froid pendant la nuit, avec pour seule nourriture un peu d'eau et une espèce de soupe de légumes. On nous annonça que nous passerions devant un juge, pour avoir soi-disant, violé les eaux territoriales du pays. Effectivement, le troisième jour, nous allions assister à une comédie grotesque de justice. Deux pseudo-militaires installèrent une petite table en bois et une chaise, dans un coin de la cour. Derrière, ils allaient accrocher au mur d'enceinte un drapeau et une inscription inconnue, et juste à côté, un parasol pour protéger le « vénérable » du soleil brûlant. Finalement, au bout d'une demi-heure le supposé juge fit son entrée dans la cour, accompagné d'une bonne dizaine de gens en armes. Et puis le « *procès* » allait commencer par la lecture lente et passive d'un épais classeur.

Le juge accentuant de temps à autre certains mots, qui lui paraissaient importants, je suppose, car personne ne comprit un traître mot de son interminable plaidoirie.

Puis il s'arrêta.

Le capitaine, fut aussitôt menotté, et conduit hors de la cour. Quant à l'ensemble de l'équipage, nous allions être obligés de nous mettre torses nus, en rang serré.

L'un après l'autre, nous allions devoir sortir du rang et nous agenouiller.

Là, on allait nous administrer vingt coups de cravache qui allaient nous déchirer profondément la peau et nous provoquer de graves coupures sur tout le dos.

Sans le moindre soin, nous allions rester toute la nuit sur place. Au petit matin, on allait nous faire monter sur notre cargo, et le second du capitaine prit les commandes du navire qui fut escorté jusqu'aux eaux internationales, puis libéré. Personne ne sut jamais le sort réservé au capitaine « Ambrocio ». Quant à nous, nous allions rejoindre le port du « *Pirée* » en Grèce.

Une semaine plus tard, après avoir été soignés, notre cargo, avec un nouveau commandant, prenait le large vers l'Italie.

20

Quelques jours après, nous étions dans le port de « Naples » et une nuit, alors que nous sortions tranquillement, deux de mes camarades et moi d'une boîte de nuit de la vieille ville, nous fûmes pris à partie par une bande de marins d'un autre navire, armés de couteaux et de machettes. Pris par surprise, nous allions subir une bonne correction, et plusieurs d'entre nous, dont moi, allions souffrir d'importantes blessures à l'abdomen et au visage.

Heureusement pour nous, la Police, avertie par la population, n'allait pas tarder à intervenir et nous fûmes quittes pour de graves blessures, heureusement non létales, sauf l'un de nous qui, gravement touché à l'avant-bras, dut être amputé du membre à cause d'une profonde entaille de machette.

Malgré l'opération, il allait décéder un mois plus tard, d'une infection généralisée.

La police, comme presque toujours, n'allait jamais retrouver le coupable de la blessure qui allait lui causer la mort. Effectivement, les autorités étaient généralement peu entrains à résoudre ce genre de délits, presque quotidiens entre marins.

Moi, j'allais m'en tirer avec une profonde blessure à l'abdomen qui, par chance, ne s'infecta pas, et quelques autres moins graves, aux mains et à la joue droite. Malgré tout, nous allions être retenus une semaine au poste, le temps nécessaire aux "investigations", et ensuite privés de sortie, retenus sur le navire, le temps de trouver un nouveau chargement.

Ce genre de haine entre équipages de diverses nationalités, était dû à l'alcool, bien entendu, mais parfois entretenue depuis des lustres, sans que plus personne ne sache vraiment le pourquoi ni la raison.

Cependant, dès qu'on se trouvait en présence de l'autre, c'était la guerre ouverte et cela finissait toujours pareil. Le pire, parfois pour nous, c'était les effets pécuniaires. Effectivement, chaque fois qu'il y avait des dégâts à payer ou une amende de la Police, celle-ci était systématiquement retenue du déjà maigre salaire de l'ensemble de l'équipage.

C'était complètement injuste, mais c'était ainsi et il n'y avait rien à redire ou réclamer.

21

Après avoir effectué un nouveau chargement, le navire appareilla et cinq jours plus tard, nous arrivions au port de « Trieste » en Slovénie, situé en mer Adriatique. À peine amarrés, le capitaine nous donna quartier libre, alors avec mes camarades de travail, nous allions arpenter les rues marchandes de la ville.
Moi, j'allais en profiter pour m'acheter quelques affaires avec l'acompte que « Claus », le Maitre d'équipage, avait eu la gentillesse de m'avancer.
Le soir venu, fin prêt, je rejoignis avec quelques collègues le quartier chaud. Là, comme les autres, j'allais pouvoir me défouler, surtout après tant d'années de privations et de frustrations, j'allais boire et fréquenter les nombreux bars à filles, puis regagner à dures peines le bateau, jusqu'au lendemain où l'on allait recommencer notre tournée. Enfin, je retrouvais

la vie, celle que j'avais cru tant de fois perdue à jamais. Le troisième jour allait se produire un regrettable incident, qui aurait pu avoir des fâcheuses conséquences pour moi. Je me trouvais dans une boîte de nuit, en compagnie de deux de mes collègues de travail, lorsqu'il y eut une tentative de vol de la caisse. Plusieurs hommes armés firent irruption dans l'établissement, brandissant leurs armes et criant :
« *que personne ne bouge, ceci est un hold-up* ».

Mais les agents de sécurité des lieux commencèrent à faire feu sur les assaillants. Deux d'entre eux furent abattus et un immense et indescriptible brouhaha se forma parmi les nombreux clients. Les forces de l'ordre arrivèrent quelques minutes après et les trois autres malfrats, n'ayant pas eu le temps de fuir, allaient se fondre parmi les clients, jetant leurs armes au hasard sur le sol. Un pistolet « *beretta 7.65* » vint se coller juste à mes pieds. La Police, allait vite remarquer ce détail, et me neutralisa violemment. Avec quelques autres personnes, j'allais me retrouver au commissariat et placé en détention. Cette fois, j'allais avoir de la chance, la Police compara les empreintes trouvées sur l'arme avec les miennes, et constatant la non-concordance. J'allais être mis hors de cause et relâché, après seulement une nuit en prison.
Deux jours plus tard, nous allions appareiller pour le port de Barcelone en Espagne, où nous attendait un

chargement de pièces détachées pour les concessionnaires « *Seat* » de la région de Marseille, notre prochain port. Dans la ville espagnole, il n'y allait pas avoir d'événement mémorable outre les inévitables et habituelles bagarres dans les boîtes de nuit. Deux jours plus tard, nous appareillions pour Marseille où nous devions livrer notre chargement, et repartir avec nos soutes pleines de blé, pour le port « *d'Amsterdam* », aux Pays-Bas.

Cependant ce nouveau voyage, se fera sans moi. J'avais décidé de changer de vie et de m'installer en France pour profiter de mes vieux jours.

À peine arrivés à quai, je parlais à « Claus » et au capitaine. Je le remerciais vivement pour son aide et son soutien, et lui annonçais ma décision de rester à terre. Il fut un peu déçu de mon départ mais il comprit mon choix, après tant de péripéties. Je débarquais avec l'idée de retourner chez moi, en Corrèze et de me chercher un petit boulot tranquille, juste pour profiter un peu d'une retraite paisible et serraine, qui me rapporte juste ce dont j'avais besoin pour vivre.

Bien entendu, le temps avait passé et je ne reconnaissais plus personne : ceux de mon âge étaient tous partis chercher du travail ailleurs et il ne restait plus que les vieux et quelques jeunes d'âge scolaire, que je ne connaissais pas, naturellement.

Seulement, il me fallait absolument trouver un emploi, car la presque totalité de mes salaires de matelot étaient partis dans les beuveries et les boîtes de nuit des ports. Il me restait seulement quelques dollars en poche, que je m'empressais d'échanger en francs, mais j'avais à peine de quoi me loger et me nourrir pendant quelques semaines. J'allais chercher activement un emploi quel qu'il soit, pour me faire un peu d'argent.

Pour une fois, j'avais eu de la chance, on m'engagea comme aide à la bibliothèque municipale. Mon travail consistait à classer les livres, par genre et par auteur. Puis le responsable, constatant mes capacités, me mit à la réception. Là, je me retrouvais dans mon élément, enfin, celui que je n'aurai jamais voulu quitter.

Un jour, un écrivain de la ville me demanda un titre que nous n'avions pas en stock, alors je lui commandais à Paris. Il revint à plusieurs reprises pour voir si sa commande était arrivée et nous passions de longs moments à discuter de littérature. Un jour, je lui racontais ma tumultueuse vie, alors, il me proposa d'écrire mon histoire. Flatté par la proposition, j'acceptais, et à partir de là, nous nous voyions chez lui chaque jour après mon travail.

J'avais fini par lui raconter toute ma tumultueuse vie dans les moindres détails, et même s'il avait insisté pour que nous partagions les bénéfices des ventes, j'allais refuser. Ce n'était pas ce qui me poussait à accepter sa proposition, j'aimais l'idée de voir ma vie écrite en toutes lettres et surtout, la partager avec quelqu'un d'autre, ne serait-ce qu'avec une seule personne. Enfin, j'étais dans mon monde, celui des livres et de la culture, même si je n'avais pas pu continuer mes études comme je l'aurais voulu, j'étais heureux et fier de faire partie du monde des lettres, mon rêve de toujours.

22

Un jour, je quittais mon travail, après une journée, longue, mais fructueuse. Comme presque toujours, je m'apprêtais à rejoindre mon petit appartement et à passer une soirée tranquille, lorsque je fus témoin d'une tentative de viol, dans une ruelle sombre de la ville. Sans hésiter, j'intervenais pour apporter mon aide à la jeune fille. Cependant, les agresseurs étaient trois hommes jeunes et forts, et je ne parvins pas à avoir le dessus.
La Police, avertie par les voisins, n'allait pas tarder à intervenir avec fermeté, et je me retrouvais une fois de plus au commissariat, avec les violeurs.
Interrogé comme les autres, j'allais être de nouveau inculpé, cette fois pour viol en réunion.
C'était un comble, la malchance me poursuivait, ce n'était pas possible, pourquoi moi ? Pourquoi cet acharnement sur ma personne ?

J'avais beau clamer mon innocence devant les inspecteurs qui se succédaient lors de mon interminable interrogatoire, ils continuaient à me croire coupable, avec les trois autres.

J'allais passer trois mois en prison préventive, avant le procès, qui eut lieu au tribunal de Limoges.

Cette fois, mon avocat, commis d'office, allait effectuer correctement son travail et il allait trouver deux témoins, un couple de retraités, qui avaient tout suivi depuis leur balcon. Ils allaient formellement m'innocenter, et ce fut pour moi, une bien merveilleuse délivrance. Cette fois, j'avais réussi à me sortir de ce mauvais pas, avec les excuses des autorités.

Seulement, pendant ces trois mois de préventive, j'avais manqué mon travail à la bibliothèque et je perdis mon emploi et par la même occasion mon logement. Moi qui avais enfin trouvé un emploi qui me comblait, me retrouvais de nouveau à la rue.

J'entrepris la recherche d'une nouvelle activité. Seulement, les offres de travail étaient plus que jamais inexistantes, alors complétement à bout, je décidais de retourner à la ferme de Brive-la-Gaillarde.

C'était comme un malheureux retour aux sources, mais je n'avais pas d'autres choix.

La vie décidément, s'acharnait avec insistance sur mon sort. À la ferme des « *Baloran* », on allait finalement me donner un emploi de commis, que je n'étais pas en mesure de refuser. Le cercle était bouclé.

J'étais revenu au point de départ, au même lieu où mes parents avaient passé la plus grande partie de leur vie et à l'endroit même, où j'étais né.

La ferme avait beaucoup prospéré et nous étions maintenant quatre employés. Seulement, à part « Gustave », l'orphelin, prématurément vieilli par les durs labeurs des champs, qui n'avait jamais quitté les lieux, je ne connaissais personne.

Je repris sans enthousiasme les durs travaux de la ferme, en espérant rapidement pouvoir trouver un autre emploi qui puisse me satisfaire, mais les temps étaient durs, et il n'y avait pas beaucoup d'autres choix à « *Brive-la-Gaillarde* » ou dans les environs, et je n'envisageais pas un seul instant quitter cette terre, qui était la mienne. Bien entendu, je continuais à voir mon écrivain qui, plus que jamais, était décidé à publier l'histoire de ma vie et à qui je confiais sans pudeur, toutes mes aventures. Les mois allaient passer et je dépérissais peu à peu dans mon insupportable travail, qui me rendait chaque jour plus renfermé, me frustrait, m'étouffait, en me ramenant à chaque instant, à mon triste sort.

23

Un dimanche, après avoir donné à manger à la cinquantaine de vaches, nous avions l'après-midi libre jusqu'à l'heure de la traite. Avec mes collègues de travail, nous décidâmes de nous rendre en ville, pour boire quelques verres. Alors que nous arpentions les rues de Brive, un jeune enfant traversa la rue, alors qu'un camion lancé à toute allure approchait dangereusement. Sans même réfléchir, je me précipitais à son secours et réussis à le sauver in extremis.

Moi, je fus happé par les roues du puissant véhicule, et malgré les secours, je n'allais pas survivre.

Curieusement, comme dans un film, je pouvais voir toute la scène depuis un point en hauteur. Je ne ressentais aucune douleur, bien au contraire, je voyais parfaitement l'enfant sain et sauf, dans les bras de sa mère, et mon corps attrapé sous les énormes roues, ainsi qu'une multitude de personnes groupées tout autour. À cet instant, je ressentis une curieuse sensation de bien-être et de plénitude, et je fus enveloppé dans un doux brouillard à travers duquel, filtrait une attrayante lumière qui m'attirait comme un puissant aimant. Pour la première fois de ma vie, je ressentais autour de moi une incroyable douceur, et peu à peu, je me laissais emporter par cette merveilleuse et attirante vision qui m'emportait loin de cet endroit, quelque part où j'allais retrouver tous les miens : mon père, ma mère et ma grande sœur.

C'est depuis ce merveilleux univers dont je vous parle et que je ne quitterais pour rien au monde.

24

Épilogue

Finalement, mon bon ami l'écrivain allait terminer d'écrire son livre sur ma tumultueuse et misérable vie. Cependant, l'éditeur refusa de le publier, alors, il décida de faire imprimer à ses frais, un seul et unique exemplaire pour son usage personnel.
Pendant plusieurs années, il le garda précieusement comme un véritable trésor, mais finalement, après avoir mûrement réfléchi il allait décider de le céder gracieusement à la bibliothèque municipale de Brive,

avec l'espoir qu'il puisse être connu et lu du plus grand nombre. Cependant, par malchance, le responsable, au lieu de le mettre en valeur, allait le déposer au fin fond d'une étagère, où il demeura oublié de tous pendant longtemps.

Et ce fut un beau jour, une jeune femme, qui, poussée par la curiosité, allait l'emprunter et finalement découvrir son impressionnant et singulier contenu.

Pour moi, ce jour-là fut un grand jour, que depuis tout ce temps, je n'espérais plus. J'avais même abandonné l'idée que l'on puisse découvrir et porter un quelconque intérêt à mon histoire et ainsi, connaître par la même occasion mon tumultueux passage sur terre, une vie faite de quelques moments de joie, mais aussi et surtout de longs et douloureux tourments. Cette médiocre existence, qui n'est autre qu'un brouillon et une pâle copie de la vraie vie, celle-là même dont je jouis dorénavant et pour l'éternité.

Et pour cela, je ne la remercierai jamais assez.

FIN

Du même auteur

— **Notre petite Maison dans la Prairie**
(Récit autobiographique)
— **Les dessous de Tchernobyl**
(Roman)
— **Le Piège**
(Roman)
— **Amitiés singulières**
(Amitiés Amour et Conséquences)
(Roman)
— **Nature**
(Récit)
— **La loi du talion**
(Roman)
— **Le trésor tombé du ciel**
(Román)
— **Prisonnier de mon livre**
(Récit)
— **Sombres soupçons**
(Roman)

Biographie :

Jose Miguel Rodriguez Calvo
né à «San Pedro de Rozados»
Salamanca (Castille) Espagne
Double nationalité franco-espagnole
Résidence : France

Del mismo autor
Publicaciones en castellano

— **Perdido**
  (Novela)
— **Tierra sin Vino**
  (Novela)
— **El tesoro caído del Cielo**
  (Novela)

Biografía:

Jose Miguel Rodriguez Calvo
natural de «San Pedro de Rozados»
(Salamanca) España
Doble nacionalidad hispanofrancesa
Residencia: (Francia)

jose miguel rodriguez calvo